당신 곁, 소복이 쌓이는 음악

시작시인선 0200 당신 곁, 소복이 쌓이는 음악

1판 1쇄 펴낸날 2016년 4월 28일
엮은이 이재무, 이형권
펴낸이 이재무
책임편집 박찬세
디자인 이영은
펴낸곳 (주)천년의시작
등록번호 제301-2012-033호
등록일자 2006년 1월 10일
주소 (04618) 서울시 중구 동호로27길 30, 413호(묵정동, 대한문화원)
전화 02-723-8668
팩스 02-723-8630
홈페이지 www.poempoem.com
이메일 poemsijak@hanmail.net

ⓒ이재무, 이형권, 2016, printed in Seoul, Korea

ISBN 978-89-6021-268-8 04810
     978-89-6021-069-1 04810(세트)

값 9,000원

당신 곁, 소복이 쌓이는 음악

이재무, 이형권 엮음

천년의
시 작

보티첼리(Botticelli. S, 1445~1510)의 「비너스의 탄생」

인간적인, 너무도 인간적인 사랑

어느덧 시작시인선 200호를 발간하게 되었다. 그 기념으로 그동안 시작시인선에 참여했던 시인들의 사랑시를 모아 본다. 사랑의 시인들은 오늘도 아름답고 슬픈 「비너스의 탄생」 이야기를 듣는다.

보티첼리는 시모네타라는 여인을 보자마자 깊고 깊은 사랑에 빠졌다. 그러나 시모네타는 자신을 후원하는 가문의 줄리아노 데 메디치라는 사내의 연인이 되어버렸다. 더구나 시모네타는 보티첼리의 가슴에 커다란 파문을 남기고 22세의 젊은 나이에 저세상으로 영영 떠나가버렸다.

그러나, 그러나 보티첼리는 시모네타가 죽은 후에도 평생 그녀만을 변함없이 사랑하고 사랑했다. 이 그림은 영원한 사랑의 징표이다. 시모네타가 죽은 지 34년이 되던 해에 보티첼리는 시모네타의 발끝에 자신을 묻어달라는 유언을 남기고 이 세상을 떠났다. 시모네타는 보티첼리의 비너스! 이 그림으로 인해 보티첼리의 사랑은 아직도 진행형이다.

이 시집에는 21세기 한국의 보티첼리들이 부르는 인간적인, 너무도 인간적인 사랑의 노래가 울려 퍼진다. 이곳에 실린 시편들은 진실하고 영원한 사랑을 갈구하는 사람들에게 주는 뜻깊은 선물이다.

차례

우체통

양해기

내 키가 우체통만 할 때
우체통 뒤에 숨어서
누군가를 기다려본 적이 있었습니다

수없이 풀칠을 하면서도
수없이 마음에 우표를 붙이면서도
부치지 못한 그리움이 있었습니다

우체통은
아직도 그 자리에 서 있습니다만

우체통이
왜 꼭 빨간색인지는
지금도 모르고 있습니다

고등어자반 한 손

장정자

죽어서야 껴안아지고 업혀지는 걸

지느러미 그 매끄러움이 너를 밀어내는 줄 몰랐지

탄력의 면적만큼 생이 탄탄하다 했었지

한 번도 안아본 적 업혀본 적 없었지

홀로 흔들리다 혼자 바다를 물 먹이며 사는 줄 알았지

연애에 지치고 사랑이 아플 땐 어떻게 견뎠니?

떼로 몰려 그물에 첨벙첨벙 뛰어들었니? 그런 거였니

간잽이 손에 들려 있는 상한 속과 벗겨진 비늘들

지금 껴안고 업혀 있니, 한 손이라 부르니?

바로크가구

안명옥

나무껍질을 벗긴다
대패질을 하면서 나무의 결을 만들어가면
조금씩 드러나는 나무 색깔,
애무하듯 구석구석 정성을 들이며
결을 따라 부드럽게 사포질한다

이 작업은 호흡이 중요하다
처음부터 힘을 준다고,
서두른다고,
나무가 금방 윤이 나는 것이 아니다

끌로 구멍을 파고 적당히 못도 박는다
나무 생김에 따라
박는 강도나 위치를 조절한다
못을 오래 박으면
상처가 되기도 한다

나무가 제 몸의 한 지점을 열어
못을 절절히 원하는 순간이 있다
세상의 집들은 그렇게 완성된다

라일락 한 그루를 나도 갖고 있지

김영산

골목 깊은 집 마당 가에
라일락 한 그루를 나도 갖고 있지
젊은 날 확 바꿔버린 강렬한 향기를
그래서 폐부 깊이 멍들었다 생각했건만
나는 여태 연시戀詩 한 편 못 썼지
세월이 흘러 늙도록 담장 밑에
너를 붙들어두고 싶진 않았지만
오월의 라일락 꽃 무더기는
내 영혼을 떠난 육신처럼
나뭇가지에 온통 거품이 일어
이젠 철마다 염습하듯 피지

눈물

김희업

눈물 * 만 원이라 써 붙인
안경점 앞에서
절로 발걸음 멈춰진다
눈물에도 굳이 가격을 매긴다면,
지금까지 내가 흘린 하찮은
눈물의 가격은 얼마일까
나보다 더 많이 흘렸을 어머니의 눈물
아마 염전을 이루고 남았으리
헤아릴 수 없는 어머니의 눈물값
어머니의 눈물 본 적 없는데
그나저나 눈물빛 갚을 길 막막하여라

● 눈물 렌즈.

원시遠視

오세영

멀리 있는 것은
아름답다.
무지개나 별이나 벼랑에 피는 꽃이나
멀리 있는 것은
손에 닿을 수 없는 까닭에
아름답다.
사랑하는 사람아,
이별을 서러워하지 마라,
내 나이의 이별이란
헤어지는 일이 아니라 단지
멀어지는 일일 뿐이다.
네가 보낸 마지막 편지를 읽기 위해선
이제
돋보기가 필요한 나이,
늙는다는 것은
사랑하는 사람을 멀리 보낸다는
것이다.
머얼리서 바라다볼 줄을
안다는 것이다.

끊고 찢고 허물어지고

오채운

전화를 끊었다
전화하라고 그가 준 명함을 찢었다
그는 명함 속에 살고 있었던가
금촌 코스모스길 끝에 당신의 집이 있지요
역 앞 한가로운 파출소에서
미지근한 수돗물을 받아
땀에 젖은 얼굴을 씻고 목을 축이고
우리는 그 코스모스길을 말없이 걸었지요
그때 우리가 손을 잡았던가요
당신은 신문지로 모자를 접어 내게 씌워주었어요
그가 이미 떠나고 없는 명함을 찢자
코스모스길 끝에 있던 그의 집이 허물어지고
한꺼번에 시들어버리는 꽃
꽃은 썩기 시작하고
그때 나는 썩은 내가 진동하는
모래내의 작은 방에 갇혀
잘 돌아가지 않는 혀를 움직여
코스모스길 끝에 있는 당신의 집을 발음해보았다
금촌역에 기차는 서지 않고
열리지 않는 차문에 기대어

시든 코스모스길을 바라보았다
태풍이 몰려오고 비가 내렸다
금촌역이 물에 잠겼다
꽃 썩는 냄새와 나는 반듯하게 누웠다
진흙 더미가 시간을 덮어 눌러
나의 모든 것이 정지되어버렸다

사랑은 매일 걷는 길가에 있다

구재기

그냥 걷는 길가에서
하늘을 본다
움푹 패인 곳마다
물은 깊은 호수로 고이고
그 속에 하늘이 내려와 있음을 본다

매일매일 하늘을 굽어보면서
길을 걸어가면서

아무리 굽어보아도
높은 하늘인 것을
그 깊이를 알 수 없다는 것을 안다

그대여, 사랑은 그렇게
매일 걷는 나의 길가에 있다
소나기가 지나간 자리를 보듬어 있다
나도 모르는 사이 먼저 와 있다

슬픈 과녁

이정원

비 그친 사이
고추잠자리 한 쌍 옥상 위를 빙빙 돌고 있다
두 마리가 하나로 포개져 있다

누가 누구를 업는다는 거
업고 업히는 사이라는 거

오늘은 왠지 아찔한 저 체위가 엄숙해서 슬프다

서로가 서로에게 서러운 과녁으로 꽂혀서
맞물린 몸 풀지 못하고
땅에 닿을 듯 말 듯 스치며 나는 임계선 어디쯤

문득 삶과 죽음의 갈림길이 있다
앉는 곳이 곧 무덤일
질주의 끝이 곧 휴식일 어느 산란처

죽은 날개는 너무 투명해서 내생까지 환히 들여다보인다

겨울 남자 김시습

유안진

　논어 학이論語 學而 편에서 첫 구절에서 따온 이름 시습時習은 천재였다, 천재는 평범에게 들킬 리가 없었다

　들키지 않아서 자유로웠고, 들키지 못해서 불행할 수밖에 없었던, 온몸이 분노의 냉소冷笑였던, 삭풍朔風 속에 피어난 향기 매운 꽃, 시대와 박치기 해온 질풍疾風의 개뼉다구 설잠, 탐욕으로 피칠갑되어 숨 막히던 구린내, 위선으로 옥죄던 조선의 유일한 환기통換氣筒이었다. 생애를 허물어 숨통 틔워준

　현실과 이상은 빙산과 화산이어서, 끝없는 방랑과 기행의, 끝 간 데 모를 끝 끝으로 내몰린 평생이었다, 세상과의 단절과 초월로 피어나 눈보라 속의 꽃송이였다, 온몸으로 누린 자유에 부유했고, 끼니에 거렁뱅이였던 그에게, 조선은 너무 너무 비좁았다

　너무 좁고 너무 작아서 담길 수 없었던 그를 위하여
　어느 무인지경 산 섶에 꺼질 듯 내걸려 흔들리는 때 절은 수박 등燈으로, 썩은 엄지손톱 푸욱 잠긴 이 빠진 사발의 탁배기 술로, 눈보라 짐승 울음 울부짖고 달리는 밤, 곤추앉

은 주막네가 사랑했던, 혹한보다 통쾌한 설잠, 내 사랑해 마지않는 겨울 남자 매월당梅月堂.

여행의 추억[*]

강신애

저 사과를 부수어 삼키던 입술은 어디로 갔나

주루루 모래가 쏟아질 듯한 술병을 기울여
한 잔의 술을 맛보았던가

책을 펼쳐
'기억은 깨진 제비꽃
깨져 위 아래
왼편 오른편으로 자라나는 종유석'
이런 문장을 읽었던가?

돌들의 중얼거림에 둘러싸여

23

시간이 사람보다 빨리 늙어가는 이곳에
다녀가긴 다녀갔던가

그림자만 흔들흔들……
숨결 박힌 화석과 줄넘기하고 있는

● 여행의 추억: 르네 마그리트 그림.

참꽃

노창선

참꽃을 보러 갔다

먹을 수 있는 꽃이라서 참꽃이란다

아무리 배가 고파도 먹지 말아야지

아픈 마음처럼 입술이 시퍼렇게 멍이 들고

속에서 비린내가 나면 안되니까

자꾸 걸어 나가야 했다. 고꾸라지면서

엎어지면서 나의 길에 가득 사금파리 눈부시고

잠시 서늘한 참꽃 뒤에서 쉬는 시간 떠오른

겁을 주시던 경상도 할머니 문둥이 호들갑

참꽃을 보러 갔다. 헛것들 세상 가득 넘칠 때

헛꽃을 넘어 참꽃을 보러 갔다

두 번째 심장

차주일

내 심장은 부모의 발걸음 소리였다. 그러나
너를 처음 본 순간
멎었던 내 심장은 새로운 박동을 시작했다
멎음이 만들어낸 박동에
내 숨은 산모의 신음처럼 팽창하였고
네 첫 심장의 마지막 박동은
내 두 번째 심장의 첫 박동이 되었다
사랑은 내 몸에서 너의 맥이 생존하는 동안
내 심장은 너의 발걸음 속도로 뛴다
너는 발자국을 마음으로 승화시키기에
나는 네가 오는 단 한순간을 놓친 적 없다
텔레파시가 영원한 기다림 중의 한순간임을 알게 된 나는
발걸음과 마음이 한 호흡임을 말하지 않는다
심장은 온몸을 고막으로 탈바꿈시킨 사람의 성대
내 온몸 내떨게 하는 음파를 밟아가면
내 발걸음 멈출 곳에 너는 이미 와 있다
우리란 발걸음을 소진한 곳에서 마주선다는 말
우리는 가슴을 심실처럼 맞대고
네 팔을 대동맥과 폐정맥처럼 휘감는다
포옹은 심장의 형상으로 멎은 마음의 요람이다

등

김지유

그대 등 뒤에 다소곳이 앉아 하룻밤만 있을게 뿌려대는 소금 알몸으로 받아 뼛속 들추며 집어넣을게 누군가의 애인일 뿐 아내는 될 수 없는 여자 그러니 하룻밤만 있을게 새벽이 오면 칭칭 그대 등 뒤로 감긴 머리카락 풀어헤치며 일어나야지 소금 던져준 그대에게 꾸벅 인사도 잊지 않을 거야 두 번 다시 돌아보지 마 이젠 애인도 될 수 없는 소금 덩어리, 절여진 몸뚱어리 소복 걸친 채 굳을 때까지

못 다한 사랑이란 게 그래

누렇게 타버린 아랫목, 화투패 만지던
할아버지 등짝 같아

돌아보지 마

첫사랑

서정춘

가난뱅이 딸집 순금이 있었다
가난뱅이 말집 춘봉이 있었다

순금이 이빨로 깨트려 준 눈깔사탕
춘봉이 받아먹고 자지러지게 좋았다

여기, 간신히 늙어버린 춘봉이 입안에
순금이 이름 아직 고여 있다

빨간기와집 그 여자

권혁수

부순 벽돌을 산업폐기물 처리장에 내다 버렸다
집 부수기 20년, 아직 부숴댈 내 집이 없다
부서지면 안 될 몸집만 있다
집착이
견고한 몸집을 버리지 못한 기억을 쏟아낸다 이미 20년
전에
밤마다 무수히 부서뜨린
부서지지 않은 집
빨간기와집
그 여자가 미소를 얼굴에서 꺼내 건넨다 불씨처럼
빨간기와집이 되살아난다 활활 불꽃이 일어 빨간기와집을
태운다 태워서
지붕과 기둥의 몸통이 뜨겁게 달아오른다 유리창이 피부
에 닿아 소스라치게 미끄러진다
연기가 뭉게뭉게 피어올라

더 견고하게 구워진 빨간기와집
그 여자

흰꽃

김지하

病寅 5월 12일 경북 淸道 七谷에서.
지난 산알과 흰그늘 노래 121편에 이은
마지막 한 편 '흰꽃'이 왔다.

경북
청도의 칠곡
숲 속이다 대낮이다
창밖에 하아얀
민들레씨 가득히 난다

가득가득하던
그 아득한 옛 감옥 창살에서
생명을 깨우쳤더니

오늘
여기엔
왜 오시나

가슴 먹먹한 저 밑에서
희미하게 떠오르는
아내의
흰
빛

아이엄마의
흰

아
평화.

내 생애 처음의 사랑
그렇다
개벽.

無勝幢解脫과 善悲籬와 모심의
하얀 꽃 한 송이,
英一.

나를 던지는 동안

오봉옥

1

그대 앞에서 눈발로 흩날린다는 게
얼마나 벅찬 일인지요
혼자서 가만히 불러본다는 게,
몰래몰래 훔쳐본다는 게
얼마나 또 달뜬 일인지요
그대만이 나를 축제로 이끌 수 있습니다

2

그대가 있어 내 운명의 자리가 바뀌었습니다
그댈 보았기에 거센 바람을
거슬러 가려 했습니다
발가락이 떨어져 나가는 아픔도 참고
내 가진 모든 거 버리고 뜨겁게
뜨겁게 흩날리려 했습니다
그대의 옷깃에 머물 수 있다면
흔적도 없이 스러져가도 좋았습니다

3

그러나 나에겐 발이 없습니다

그대에게 어찌 발을 떼겠습니까
혹여 그대가 흔들린다면,
마음 졸인다면,
그대마저 아프게 된다면 그건
하늘이 무너지는 일입니다
나에겐 발이 없습니다
나를 짓밟는 발이 있을 뿐

4
그대의 발밑에서 그저 사그라지는 순간에도 난
젖은 눈을 돌리렵니다 혹 반짝이는
눈물이 그대의 가슴을 가르며 가 박힐지 모르니까요
그 눈물 알갱이가 그대를 또
오래오래 서성이게 할지 모르니까요
먼 훗날 그대 앞에는 공기 방울보다 가벼운
눈발이 흩날릴 것입니다
모르지요, 그땐 그대가 순명의 자세로 서서
나를 만지게 되는지

그대에게 가는 배 한 척을 세우기 위해

정 선

불현듯 가방을 꾸렸네 언제나 결정은 새벽에 왔네 새벽을 세 번 부인하는 그대의 목소리가 들리는 듯도 하였네 귀를 막았네 안개와 그대는 한통속 아침이 오는 것을 훼방 놓았네

터널을 여덟 번 지나고 산맥의 늑골을 보고서 내 사랑의 조잡함을 알았네 그대에게 가는 배 한 척을 짓는 일은 혁명이라네 나의 안부가 궁금하지 않은 그대 무작정 동쪽 끝으로 가네

혁명,

그곳에는 해가 뜬다지 나의 해안에는 그토록 밝은 해가 뜬 적이 없다네 그대의 눈빛 하나에 돌멩이 하나 그대의 호흡 하나에 돌멩이 하나를 얹었네 새벽마다 몰래 와서 그믐달로 돌탑을 싹둑 베어 간 그대 바람과 바다의 경계 머묾과 떠남의 경계 떨림과 울림의 경계가 의심스러워질 때쯤 나는 이 발걸음을 멈출 것이네 그 경계 너머 자몽처럼 환하게 빛날 그대 얼굴 이곳 해안은 혁명은커녕 갈매기들 아귀다툼으로 떠들썩하다네

혁명,

지금은 그리움의 우기, 비가 내리네 그대에게 가는 길은 녹록치 않아 우산도 없이 식사도 없이 휑뎅그렁한 방파제에 서네 그대는 혁명을 노래하려 기타 하나 달랑 메고 떠났네 까 보다 로까를 돌아 하바나로 부에나비스타에서 그대

가 부르는 찬찬Chan Chan은 언제나 파도를 타고 왔네 귓가에 쟁쟁한 그대, 그대는 언제나 오지 않을 산두골 완행버스처럼 올 것이네

　빌어먹을 그리움

　나는 그리움의 수인, 그리움의 절벽에 당도했네 해맞이 언덕에 그대 문득 나보다 먼저 서 있을지 몰라 떨림은 혁명의 선율을 배반하지 나는 울림의 배 한 척을 세우려네 그대의 앙가슴, 하바나에 살포시 얹히는 돛단배 한 척을

　혁명,
　몽골의 기마병처럼 파도가 몰려드네 광야에서 울부짖는 바람 소리 흐미를 듣네 나를 미치게 만드는 것들 식욕을 불러일으키는 절망 같은 것들 혁명의 불완전한 호흡들 이쯤에서 내 눈물은 리듬을 타네 눈물 없이 해협을 건넌 이들은 닌자들이네 내 가슴에 한 점 얼룩이 된 혁명 언덕 위 배가 혁명의 닻을 올리려면 불면의 황포를 몇 폭이나 기워야 할까

　혁명,

그대를 잊는 것은 아우슈비츠 주검의 금발로 짠 담요를 덮는 일보다 더 끔찍한 일 혁명의 수인인 그대, 가 좋아하는 혁명을 나지막이 불러보네 오늘 그대에게 닿는 '혁명' 한 척을 세우기 위해 해맞이 언덕에 돛단배를 밀어 올리네 미완은 아름답다네 그대, 슬픈 혁명의 완성을 위해 내게 총부리를……

마네킹
—독백

박정수

나의 사랑은 충전 중이다 쇼윈도로 몰려드는 시선들

누구에게나 나를 멋지게 소개하고 싶어한다
늦은 시간 나와 마주하고 있는 그녀
긴 생머리를 뒤로 젖히며
청바지에 줄무늬 후드티를 입히고는
눈빛이 상기되어 한 시간 내내 나만 바라보고 있다
저런 표정일 때 그녀는 유난히 입술만 붉다
연인처럼 그녀가 나를 안아 바닥에 눕힌다
눈을 감을 수 없는 나
그녀는 아랑곳 않고 미니스커트 다리 사이로 나를 뉘어
둔 채
내 엉덩이를 까고 바지를 벗긴다
하체와 분리되어 뉘어진 채 내가 폭발할 것만 같다
나는 여전히 눈을 감을 수 없는데
오늘 그녀는 검정 망사팬티를 입고 있다
내 팔은 어디로 갔지
그녀의 다리가 점점 길어지고
할로겐 열기가 내 심장을 자극한다 밖은 깊은 어둠인데
그녀와 나 둘뿐인 공간, 달빛도 없는 밖은 더 깊은 어둠

37

인데

　　순간 그녀가 연인인 듯 나를 안아 올린다
　　내 하체와 상체가 결합된 순간
　　나의 체액이 그녀의 손에 축축이 묻어난다
　　새로운 힙합바지의 지퍼를 올려주고 벨트를 채운다
　　분리된 양팔이 그녀의 숨소리처럼 헐떡 내게로 왔다
　　멀리서 나를 바라보고 있는 그녀
　　지금 그녀의 입술은 더 붉어져 있다 그녀의 입술을 범
했다

　　마 법 에 걸 려 멈 춰 버 린 나

백 년의 사랑

김왕노

강둑에 앉아 우리 사랑 백 년은 흐를 거라 해서 나는 울었네.

천 년은 갈 사랑이라 믿었다가 백 년이라 말해서 울었네.

강둑에 풀을 쥐어뜯으면서 네가 어떤 변명의 말을 해도 백 년이란 말 앞에서 난 울 수밖에 없었네.

강둑에 자란 왕버들나무도 자잘한 잎을 피워 흔들지만 몇백 년은 넘었고 강가에 구르는 자갈돌도 몇천 년은 넘었는데

사랑 운운하면서 백 년을 말해 난 토라져 울었네.

사랑이 백 년이라니 고작해서 백 년이라니 백 년의 발상은

어느 속으로부터 나왔을까 따지며 강물보다 서럽게 울었네.

사랑이란 말을 익히는데 백 년, 그 말을 전하려 고개 돌리는데 백 년

그 짧은 말을 하는 데도 백 년, 그 말을 가슴으로 받아들이는데 백 년

그래서 난 백 년의 사랑이라 말하고 그것이 내 사랑의 지론인데

난 강둑에 앉아 우리 사랑 백 년은 흐를 거라 해서 울었네.

오랑캐꽃

김규린

가슴을 더듬는다
손끝에 찔린 심장이 쿨럭,
한소끔 쏟아지는 소리
이제는 용서하며 풀어놓는 세월
당신이 박아놓은 대못에서
돋아나는 새순들 좀 봐
상처 보듬고 뼈까지
뼛자국까지 파르라니 물든

허공,

갑자기 뛰쳐나간 마음 하나
저릿저릿 내던진 맨발

바위의 첼로

김신용

저기, 바위에 기대 바위처럼 변해 있는 나무가 있네

마치 돌의 몸이 기억하는 어떤 기호가, 인상印象이, 돋을
새김된 것처럼

나무이면서 바위에 접골돼 바위의, 척추가 되어 있는 듯
한 나무

대체 얼마나 오랜 세월 바위에 기대 있으면 저런 무늬를
띠는 것인지

그 부조浮彫는, 무슨 암각화 같지만 로스코 동굴의 수수
께끼 벽화 같기도 하지만

새 날아와 앉을 가지도 꽃도 돌의 빛깔로 굳어 있어도,
저 완고한 응고 속에서

내재율이 두근거림이 동계動悸가 물결처럼 음악처럼 번
져 흐르는 것 같아

그래, 저 나무―.바위의 악기라고 해야겠네

그 악기에서 아름다운 새가 날아와 돌의 벽을 허물고 있
다고 해야겠네

혹은 시 치료를 하고 있다고 해야 할까? 아니면, 바쁜 일
상에 쫓겨 돌처럼 굳어가는 사람들을 위해

거리에서 첼로를 켜는 연주자를 닮았다고 해야 할까?

그렇게 뿌리는 땅에 묻고 산의 절벽의 암반에 기대 자라

며, 바위의 힘줄인 듯 근육인 듯 꿈틀거리는 나무를 보면

　그 살아 꿈틀거리는 목질이 바위의 현絃 같은 형상을 띠어

잎은 음표처럼 나부껴 보여, 돌의 표면에

　시를 써야 할 아무런 이유가 없는데도 쓰여지는 시처럼

떠올라

　바위의 데드마스크를 새기고 있는, 저 송악이라는 나무

의 문양—.

　그 얽힌 가지 한 행, 한 획이 거대한 침묵의 행간까지 휘

감아 올라

　두 팔 벌려, 흙의 정관이 잘리면 바위가 된다는, 내 굳은

사유마저 부드럽게 껴안고 있는 것 같아

　그래, 누가 연주하지 않아도 돌의 숨결이 파문 지는 것

같은

　굳은 가슴이 오르내리는 것 같은, 저 바위의 악기에서

　마치 아름다운 새가 날아와 내 벽돌담장을 허무는 것 같

아서

　그 돌의 벽을 쪼는 부리의 음률이 시라고 말하는 것 같아서

　바위의 첼로—, 그 돌의 몸이 연주하는 어떤 기호가— 인

상印象이—.

• 「쇼생크 탈출」이라는 영화를 보면 어느 날, 돌처럼 굳은 이 교도소 안에 오페라 「피가로의 결혼」의 매혹적인 선율이 흘러나온다. 그 음악을 들은 죄수들은 그 자리에 얼어붙어 버린다. 그리고 훗날 그때를 회상하며 한 죄수는 말한다. —마치 아름다운 새가 날아와 내 벽돌담장을 허무는 것 같았지, 라고.

사랑

박소유

마흔에 혼자된 친구는 목동에 산다
전화할 때마다 교회 간다고 해서
연애나 하지, 낄낄거리며 농담을 주고받다가
목소리에 묻어나는 생기를 느끼며
아, 사랑하고 있구나 짐작만 했다
전어를 떼로 먹어도 우리 더 이상 반짝이지 않고
단풍잎 아무리 떨어져도 얼굴 붉어지지 않는데
그 먼 곳에 있는 너를 어떻게 알고 찾아갔으니

사랑은 참, 눈도 밝다

은화식물

이선식

그때 나는 봄이 금지된 대지였다
언 밥처럼 차디찬 내용으로 가득한
일기장에서조차 눈보라가 일고
페이지마다 결빙뿐인 날들이 몇 권의 서책처럼 쌓였다

문밖에서
눈사람의 심장도 뛰게 할 것 같은
냉골의 구들로 들어오는 온기와도 같은
기척이 있었다

주소도 없이 용케도 찾아와
무서운 눈보라예요
겨울은 참을 수 없는 긴 신호등 같아요
눈을 털며 연둣빛 웃음을 보이던 계절
침묵과 긴장을 강요하는 삶의 행간에
영탄의 등을 매다는 감탄사처럼
꽃들이 피어났다

하지만 넌 얼마나 성급한 계절이었던가
왜 꽃들은 시간과 입 맞추는 순간부터

빛바랜 빨랫감처럼 시들어가는지
벗어 던진 속옷처럼 흩어져 뒹구는
식어버린 꽃잎들

기쁨이 슬픔의 마디라는 걸 왜 몰랐을까
꽃을 여읜 식물이 숙명처럼 마디를 향해
다시 슬퍼지는 시간

불에 덴 자국처럼 꽃 진 자리는 아직 욱신거린다
슬픔처럼 멍울이 툭툭 불거지는 나무는
한 번 더 폭죽 같은 꽃을 터뜨리는 날은 오리라
가지는 너의 기척을 향해 무성하다

신이 있는 풍경 2

최승자

여한이 없는 그의 노랫가락 소리 들린다
씻을 손 다 씻었으므로 여한이 없는
그의 노랫가락 소리 들린다
다만 우리가 여한을 갖고 있을 뿐이다

(우리 사이의 이 연민의 바다)

(하염없는 그대 하염이 없어 슬픈 그대)

주홍빛 연애

박종국

참아내기 어려운 순간마다 다가와서는
흘낏 스쳐 지나갈 뿐 바라볼 기회를 주지 않는, 그는
매일매일 기다리면서도 알아채지 못하고
그냥 지나치기 쉬울 만큼 기미만 보여주는 먼 산 봄빛
같다
한 발 다가서면 어김없이 한 발 물러서는
뒤로, 뒤로 항상 뒤로 물러서는 그는
늘 그랬었던 것처럼 그 모양은 물론 색깔에 이르기까지
물안개에 뜬 무지개같이
햇빛 강렬해지면 사라질 둥근 아치를 그려 보여준다
때로는 너무 가까이 다가와 물들여놓고는
그 속에 완전히 빠져서 멍하니 바라보는 나를 놀리듯
강렬하고도 까칠한 빛깔로 찔러대는, 그는
왜 그리 빨리 사라지고 마는지
잠시만 더 머문다면 물안개보다 더 뿌리 깊은
색다른 무지개로 풀잎에 총총 맺힐 수 있을 텐데
생명의 일부가 갈빗대 사이로 빠져나가는 것 같은, 그는
아침 햇살 번지는 먼 마을로 사라져가는
주홍빛 연애다

다시 하얗게

한영옥

어느 날은
긴 어둠의 밤 가르며
기차 지나가는 소리, 영락없이
비 쏟는 소리 같았는데

또 어느 날은
긴 어둠의 밤 깔고
저벅대는 빗소리, 영락없이
기차 들어오는 소리 같았는데

그 밤 기차에서도 당신은
내리지 않으셨고

그 밤비 속에서도 당신은
쏟아지지 않으셨고

뛰쳐나가 우두커니 섰던 정거장엔
얼굴 익힌 바람만 쏴 하였습니다

다시 하얗게 칠해지곤 하는 날들

맥없이 눈이 부시기도 하고
우물우물 밥이 넘어가기도 했습니다.

베로니카의 사랑

김연성

그러니까 누가
베로니카를 사랑하고 있다는 말인가
언제부터 내가 베로니카를 사랑하게 된 걸까
만난 적도
본 적도 없는 베로니카는 그러니까
언제부터 내 안에 오롯이 앉아 있었나
치렁치렁 춤추는
검은 머리카락의 향기를 맡은 적도
젖은 듯
슬픈 듯 폐광 같은 눈동자와
한 번도 마주친 적이 없는데
그러니까 내가 베로니카를 몹시 사랑한다고 고백해도 되
는 것일까
아니다, 아니다
나는 베로니카의 겉모습만 사랑하고 있을 뿐
이번 생에는 그 얇은 떨림까지도 훔칠 수 없다는 걸 안다
그렇다면 굳이 베로니카를 만날 필요가 없는 것이다
베로니카 혼자, 나를 사랑하면 족한 것이다
그러니까 나는

내륙 저지대로 산발적 비

안승범

혼자 듣는 음악이 풍경을 하나씩 내립니다, 보행자 신호 눈금은 인상적인 보폭으로 낙하합니다, 사람들은 자의식 강한 단막극처럼 비껴 다닙니다, 저 카페를 나오던 날 흉금이 털린 적 있습니다, 그날 여러 문장을 엎질렀고 시詩와 한 여자가 시들었습니다, 여기가 종로終路라는 생각과 대면하기 위해 오늘도 커피가 배석합니다, 이런 날 대기업 회장과 여자 아나운서는 쉬이 이혼합니다, 철 지난 옷은 저를 오래도록 바꾸지 않는데 말입니다, 저의 천정을 주물럭 대는 가수는 보편적 음색과 불화합니다, 그녀와 새로 바꾼 기타가 알았으면 좋았을 텐데 말입니다, 오늘 승진한 남자는 주변의 덕담을 의심하지 않습니다, 이것을 두고는 보편적 생활이라 하겠습니다, 몇몇 우정은 오늘 서로에게 야근할지 모릅니다, 정기적인 내일들에 대하여 나의 오늘은 순직할 태세입니다, 풍경을 내리고 싶어집니다, 마침 커피 잔이 저를 비우고 저는 카페를 비웁니다, 잊힐 문장이 구름을 당겨놓습니다, 비는 모든 길을 미끄럽게 하고 저는 지금 음악을 위태롭게 합니다, 멀리서 가난한 옛집은 굴뚝을 세우겠습니다,

나이지리아의 모자

신정민

태어나지 않은 아이의 모자를 뜬다
빈곤이 만들어낸 심연과 굴욕에 씌워줄
빼앗긴 대지에 씌워줄 무늬 없는 모자
뉴욕만큼 비싼 물가와
사하라 사막에서 날아온 모래 먼지의 나라
노예가 되기 위해 태어나는 아이들
강제 노역과 매질에 필요한
강한 바람과 우기의 천둥에게 씌워줄 모자
회색의 열풍
나무에 매달린 채로 발아하는
맹그로브 숲의 씨앗들에게 씌워줄 모자를 뜬다
시만 있고 사랑이 없다면
단어들만 있고 그리움이 없다면
내일은 오겠지만 당신이 없다면
어머니가 되기 좋은 나라에서 온 편지
답장 대신 모자를 뜬다
시는 사랑이 쓰는 거라서
그리움만이 단어를 찾아 떠나고
당신이 없다면 내일도 없다고
손끝에서 태어나는 모자

생명과 두려움
그 둥근 실타래를 풀어 뜬다
태어난 날 사망하는 나이지리아의 체온
작고 검은 얼굴에 어울리는 푸른 햇살로
모자를 뜬다
한여름 나이지리아의 고무단이 촘촘하다

눈썹의 노래

정유화

누이의 사타구니를 타고 봄이 오르자
누이의 눈썹에서 노래의 꽃이 핀다.
나는 그 눈썹을 몰래 따다가
메마른 시詩의 텃밭에 심기도 하고
조약돌 속에 고이 넣어두기도 한다.
풍금의 건반을 딛고 오는 듯
나비의 등을 타고 오는 듯
그렇게 내게 와서
꽃자리를 깔아주고
숲 속의 그늘을 조금 걷어와 차양을 치는
눈썹의 노래, 냇물에 헹군 눈썹의 노래
세월이 버석버석 삭아진 뒤에도
어느 길 어느 도심의 벤치에서
겨울비 맞으며 그 눈썹의 노래 꺼내볼 수
있다면 그 노래에 젖어 장다리꽃 피는
너의 가슴으로 너울너울 날아갈 수
있다면 호랑나비처럼.

후라이꽃

박영민

달걀 익었습니다
개망초 피었습니다
아직 덜 핀 달걀 사이로 천천히 걸어오세요

백 퍼센트 순정 햇살 방울로
몇 묶음 꽃봉오리
톡, 깨뜨려요
깊이 파인 오목가슴 후라이팬에
흰자가 노른자 테두리 두르며
둥글게 퍼져요

그래, 다 익은 것보다
이 정도만 익어
그대 도시락 밥 위에
무릎 꿇어 바쳐지고 싶은 소신공양

밥알로 뭉클하게 묻어날
이제 막 반숙으로 피어났어요
풀다 만
내 노란 옷고름 열고

나는 지금 물푸레섬으로 간다

이영식

물푸레, 그래 물푸레섬—
이름만 굴려봐도 입가에 푸른 물이 고이는 섬이렷다
연안부두에서 어쩌고 덕적도 저쩌고……
귀동냥으로 주워들은 대로 이 배 저 배 갈아타고 반나절,
쉼표처럼 떠 있는 섬 자락에 닿으면
초록 물감 한 됫박씩 뒤집어쓴 물푸레나무들이 바람 탄
내 손 잡아주겠지
산책하듯 느리게 섬 한 바퀴 돌다 보면 이름도 얻지 못한
몽돌 바닷가 어디쯤 한 여자가 살고 있을 거야
서랍 속 깊이 묻혀 혼자 낡아가는 첫사랑 편지 같은 여자
세상과는 담쌓고 남정네와도 담쌓고
그래, 섬처럼 홀로 닫고 살아왔으니 꼭 품어 안으면 물푸
레 수액처럼 축축한 슬픔이 단숨에 내 가슴으로 번져오겠지
새들의 지도에나 올라 있을 듯한 섬, 물푸레
그 먼 고도孤島에 가서 물푸레나무 달인 물로 시나 쓰며
며칠 뒹굴다가 물푸레 그늘 같은 여자에게 코가 꿰었으면
좋겠네
물푸레 코뚜레에 동그랗게 갇혀 오도 가도 못 했으면 좋
겠어
이 배 저 배 갈아타며 나돌아 다니지 않고

그 여자가 끄는 대로 이러구러 끌려다니다 나도 물푸레나
무로나 늙었으면 좋겠네

제 발치의 성긴 그늘이나 깁는 바보나무가 되었으면 좋
겠어야

지금, 나는 물푸레섬으로 간다

폐닻

김화순

1

　햇살의 닻줄에 칭칭 감긴 폐닻 하나 갯벌에 곤두박혀 있
다 몸의 바깥으로 서서히 번져가는 시간의 푸른 독, 갈매기
처럼 치솟아 창공의 속살 엿본 죄 하, 얼마나 크길래 막막
한 동막갯벌에 무기수로 수감되었겠는가

2

한 번도 얼굴 제대로 본 적 없지
한 번도 마음 꽉, 잡은 적 없지

지상에 머물 때마다
발치 아래 쪼그린 채 기다렸지

쇳덩이만 한 몇 톤의 무게로도
잡아두지 못한 사랑

이젠 체온 받아 안던 닻줄마저 끊어져
펄 속 곤두박여 날개 찢긴 풍뎅이마냥 퍼덕이고 있지

분오리 돈대墩臺 바라보며
난해한 자세로 하소연하고 있지

문명은 문맹의 텍스트였다

강희안

빗발의 환영이 번화가 뒷골목을 비틀어놓는 순간 소년의
속이 뒤집혔다 풀린다 앳띤 소년이 토사물을 쏟았다 웅크리
는 사이 여인의 입술이 포개지다 비껴간다 하얀 시간이 검
은 조개탄 가루 뒤집어썼다 벗는 순간 파리한 책이 접혔다
펼쳐진다 바람의 회랑에서 무지렁이로 꿈틀대는 사이 사랑
은 기표로만 떠돌다 정지한다 여인이 시대의 옴니버스에 맞
물리는 순간 소년의 창백한 얼굴이 허공에 걸렸다 나뒹군다
앙다문 입술로 푸른 책의 갈피를 넘기다 덮는 사이 더듬더
듬 여인의 손은 말의 금기를 깨친 것이다 말랑말랑 정염의
살을 뜯어 먹는 순간 소년은 여인의 책을 읽다가 놓친다 사
랑이란 무지에서 오는 순수라고 썼다가 지우는 사이 녹음의
한 시절이 명멸했다 떠오른다 빗발의 환영이 밥과 법을 들
먹이는 순간 따뜻한 책의 날개가 펼쳐졌다 접힌다

병산서원에서 보내는 늦은 전언

서안나

지상에서 남은 일이란 한여름 팔작지붕 홑처마 그늘 따라 옮겨 앉는 일

게으르게 손톱 발톱 깎아 목백일홍 아래 묻어주고 헛담배 피워 먼 산을 조금 어지럽히는 일 햇살에 다친 무량한 풍경 불러들여 입교당 찬 대청마루에 풋잠으로 함께 깃드는 일 담벼락에 어린 흙내 나는 당신을 자주 지우곤 했다

하나와 둘 혹은 다시 하나가 되는 하회의 이치에 닿으면 나는 돌 틈을 맴돌고 당신은 당신으로 흐른다

삼천 권 고서를 쌓아두고 만대루에서 강학講學하는 밤 내 몸은 차고 슬픈 뇌옥 나는 나를 달려 나갈 수 없다

늙은 정인의 이마가 물빛으로 차고 넘칠 즈음 흰 뼈 몇 개로 나는 절연의 문장 속에서 서늘해질 것이다 목백일홍 꽃잎 강물에 풀어 쓰는 새벽의 늦은 전언 당신을 내려놓는 하심下心의 문장들이 다 젖었다

오드아이

남궁선

처음부터 당신은
내 앞을 지나가기로 했던 것
고국엔 매일 비가 왔지만 그건 고국의 일
처음부터 나는 당신을
사막에서 만나기로 했던 것

당신의 눈동자처럼 모래와 허공으로 분할된 세계

왼쪽 눈과 오른쪽 눈을 구별하는 것에 대하여
코가 관여한다고 말하면 너무
상투적이지 아무도 투신하지 않는 지루한 절벽

어느 날 증발해버린 메일 주소는 당혹스러워
나는 사소한 사건에만 골몰하고

빛깔이 다른 눈동자를 함께 지니는 것만큼
두 개의 눈빛을 바라보는 것 또한 어려운 일
편견을 나누는 사랑의 고백처럼

절벽이란

질주하기 위해 존재하는 것은 아니지
꽃을 피우기 위해 존재하는 것도 아니지

회갈색 혹은 푸른색을 선택하는 것은 쓸쓸한 관념

한쪽 눈을 감고 당신을 크로키하는 것은
당신을 이해하려는 포즈
사막에 비가 내려도 좋겠지만
그건 기후의 일, 지금 막
비가 내리지 않는 일

빙설미나리아재비

한석호

마음의 독毒을 치유하기 위해
호흡기 떼는 법을 누군가로부터 배워야 한다는 것은
마뜩지 않은 일.
삼 년에 한 번 꽃 피는 빙설미나리아재비의
속내 깊이 잠적한 그대여,
치골齒骨의 통증 곁으로 다가선 추위가 환하다.
뿌리는 마음의 중심에 두고
밖으로 밖으로만 달아나 꽃대를 세우는 느개,
나는 갈라진 암벽의 틈새에서
꽁꽁 얼어 있는 시간과 대면하는
빙설미나리아재비의 눈이 되고 싶었다.
아린 흉부를 감싸 안고
목련꽃 그늘에 누워 심폐소생술을 받는 그대를 상상한다.
따스함 같은 낯선 서사를 받아들이면
그대는 나를 놓고 나는 그대를 버려야 한다.
차디찬 눈발의 행간에서
노란 혀를 내밀어 슬픔을 말랑말랑하게 무두질하는
너를 읽는다.
두 손을 모으고
뒤란이 궁금한 어느 저녁으로 발을 옮기는

검은 얼음숭어리들.

뻔히 보이는 길을 두고

꽃들이 서로에게서 서로를 지우고 있다.

그렇다, 환한 박명薄明이로구나.

저처럼 온전한 적멸寂滅이라니, 나는 언제야

제 몸속의 독으로 독을 치유하는 지극에 이르게 될 것

인가.

사랑니

정영주

폰으로 사진 한 장 날라 왔다
엄니, 오늘 사랑니 뽑은 거 ㅎㅎ
잇몸을 찢고 나온
어린 사슴뿔 같은 저 붉은 것
막내가 오랫동안 사랑니 땜에 고생했다
어느 날 내 흰 머리카락 뽑다가
엄니 나 결혼할래, 하더니
그때부터 통증이 더해가던 사랑니
그래, 진통 없이 사랑하겠든
이제 머리카락 뽑는 일
시들해지겠구나
네 사랑, 또 그 입안의 사랑니 견디느라
거기에 몸과 맘 주겠구나
한동안 머리에 하얗게 눈이 내렸다
녹지 않는 눈
한 번 맞으면 삽으로 푸기 전엔
당최 녹지 않는 눈부신 사랑
오늘 마침내 뽑은 사랑니
아들의 입 저 구석에서 피던 사랑꽃
그래 사랑은 하나지

몸에 닿는 사랑 얻었으니
그 눈물겨운 통증만이 사랑이지
갈고리 같은 사랑 쑥 뽑아
어미에게 이빨 사진 한 방 날려놓고
아들은 장가가기 전, 그 천진한 웃음을 보냈다
저도 사는 게 욱신욱신 하겠지
사랑하느라, 살아내느라

사랑대첩

정숙자

햇빛 잔뜩 머금었어요
흔들렸어요
눈뜨지 못했어요
불붙었어요
막 탔어요
죽었다 죽었다 죽었다 다시
살아났어요 홀로
혹은 바람과
물별* 잔뜩 일으켰어요
몰라요
마침내 쓰러졌어요

(국어사전에서 '태양'을 찾으라면 나는 '사랑'을 짚을 것
이다. 사랑이 지닌 열도는 어떤 감정을 대입할지라도 승률
100%다. 사랑이 맞닿던 첫 순간의 기억은 삶을 구원하고 이
끌며 기원을 움트게 한다. 이별이 가로놓였거나 얼룩졌거나
희미해졌다고 해도 그 사랑은 이미 하늘에 낀 어둠을 지웠던
태양이다. 함께 타고, 함께 흔들리며, 함께 쓰러지는 새벽!
그것은 분명 지옥의 타파이며 영육의 전승全勝이다. '사랑해'
보다 더 밝은 '해'를 나는 여태도록 알지 못한다.)

● 햇빛을 반사하며 명멸하는 수면 위의 빛(필자의 신조어).

삼성동

김 윤

애 한번 안 낳아본
그대 뱃속에 나 덜컥 들어앉아도 되나
눈 오는 밤
절절 끓는 온돌방
목화솜 요 밑으로 맨발 들이밀듯 직방으로
내 언 맘 녹여도 되나
그대 깊은 속 캄캄한 둠벙
내 해진 물갈퀴로 흔들어도 되나
나 흔들려도 되나
한 저녁을 그냥
쌀가루로 눈이 오는데
봉은사 목어가 딱딱 이를 가는데
삼성역 고갯길 국수집에 앉아
어복쟁반 속 숨죽은 배춧잎
창밖 길 막히고
술은 차고
그대 등판 푸른 가시들
파랗게 단청으로 독毒 오를 때
거기 소금 친 내 속 문질러도 되나
깽판 쳐도 되나

청보리밭

박이화

도루코 면도날이 지나간 자리처럼
잘 다듬어진 잔디밭은
내 발길을 머뭇거리게 하거나 돌려세우고 만다
거울 속 면도하는 남자처럼
그만의 얼굴에 빠져 있는 듯한 잔디밭은
어쩐지 다가서기도 건드리기도 불안하다
그러나 몇 날 며칠 깎지 않은 수염처럼
거칠고 꺼끌꺼끌한 보리밭을 지날 때면
옛 남자를 본 듯 반갑고 가슴 뛴다
쓰다듬을 때마다 손바닥 따끔따끔 찌르는 수염은
그가 키운 억센 야성의 그리움 같아
와이셔츠 단추를 풀듯
개망초꽃 하나둘 풀어헤치고
등에 풀물 베이도록 와락, 그를 안고 싶어진다
그럴 때 바람은 거품 같은 구름을 풀어
비탈 전체를 밀어버릴 듯 지나가겠지만
그럴수록 보리는 거웃처럼 무성하게 다시 일어설 테지
고랑마다 더 비리고 축축한 청보리 냄새 풍길 테지
예나 지금이나 짐승의 피를 나눈 것들은
이토록 후안무치해서

멀리 둥근 눈을 가진 새들마저
몰카처럼 찰칵찰칵 날아간다
무인모텔, 그 청보리밭 비탈에선

늙은 고래의 노래

김남호

그 작살을 한 번만 꽂아다오
골목을 가득 채우던 내 푸른 몸뚱어리
네 창 밑에 다가가 꽝, 꽝, 꽝,
열두 번째 지느러미로 두드리면
벌렁거리는 심장으로
나를 향해 꼬느던 너의 그 작살
다시 한 번만 나에게 꽂아다오
죽을힘을 다해 죽을 듯이
그때처럼 내 심장에 꽂아다오
그러면 나는 마지막으로 솟구쳐 올라
지금껏 헤엄쳐온 내 모든 골목들 뒤져
스무 살 적 그 이빨을 보여주마
핏빛 물보라 사이로 노을처럼 무너지며
살짝, 네게만 보여주마!

그노시엔느•

김유자

우리는 나뭇잎처럼 떠 흐르거나 가라앉거나
입에서 말들이 방울방울 떠오른다

송사리 떼가 모였다 흩어지며 그리는
물의 표정들

물속의 화석을 더듬으며 우리는
사파이어로 태양을 이해한다

뜨거운 사파이어를 그가 내 열 손가락에 끼워주었을 때
세계는 각각 다른 빛으로 반짝이기 시작했다

푸른 태양이 살갗으로 스민다

• Gnossienne: 에릭 사티의 피아노곡.

어떻게 사랑하게 되었을까

채상우

이미 시작되었다 그것은

시작되자마자 사라지고 있다 그것은

사라지면서 시작되고자 한다

몰래 피어나버린 꽃처럼 흘러오고 흘러가는 강물처럼

시작되면서 사라지고 있다 전격적으로 매일매일

사라지면서 시작되려 한다 그것은

너에게도 죽을 마음이 남아 있는가

나무가 제 그림자 속에 뼈를 감추듯

사라지면서 시작되고 있는

용산 용인 용평

정다운

숨어서 보는 별은 참 많다
숯불 피운다 너의 꺾어진 팔뼈처럼 구멍 난 야자숯
한때 내 머리에 꽂았던 입술을 떼어 던진다 타닥타닥
우리가 사랑한 만큼 발랄한 소리로

같은 하늘 아래 사는 게 아닌지도 모른다
너의 집 앞을 서성이는 택배기사의 하늘과
새로 찾은 펜션에서 별을 씹는 내 하늘이
어떻게 같은가 이빨이 아프다

주인이 고기와 야채를 들고 왔다
사랑할 때는 모든 엉덩이가 하얗고 조그맣고 숨 막히는 것
어느 날 그것이 쏠아 먹은 상추처럼 검어지면
그냥 그렇게 물컹하게 밟고 말고 싶지만

그는 택배상자를 던지고 너의 뒤로 달려들고
그 시간 나는 타버린 고기를 불판 틈에 밀어 넣어야 한다
너는 이미 끝장났고 더 바라볼 게 없는데
나는 아직도 곳곳의 별을 깊이 더 깊이 훔쳐봐야 하는데
우리의 사랑이, 어떻게, 같은가.

방파제

김재홍

1

아랫도리에서 불쑥 솟구치는 숫놈의 우악스런 힘의 폭력성과 꿈틀대는 근육의 잔인성과 어떤 지구적 파괴와 우주적 재앙에도 분연히 떨쳐 일어나 단 한순간에 진압할 수 있을 것 같은, 델타 포스와 그린 베레 혹은 람보나 터미네이터 같은, 저 깊은 대양에서 밀려오는 숫놈과 숫놈의 본능이 근육과 혈관과 뼛속과 뇌수를 에돌아 야금야금 촘촘하게, 그러나 전광석화처럼 빠르게 솟아났다

2

육지로부터 3km 떨어진 평균 수심 25m의 바다에 길이 2,100m, 폭 18m의 울산신항 남방파제가 섬이 되어 떠 있다. 5천 톤짜리 케이슨Caisson 85개를 투하시켜 해저 점토층과 접합해 기반을 다졌다. FD(Floating Dock)선과 DCM(Deep Cement Mixing) 전용선을 비롯한 막대한 양의 토목 에너지가 수중에 투입됐다. '매미'와 같은 특급 태풍이 100년 동안 쉬지 않고 몰아쳐도 버틸 수 있는 강력한 방파 기술을 집약시켰다. 풍속과 조류, 수온, 염도 등을 복합 변수로 계산해 콘크리트의 내구성과 케이슨들의 접합도를 정교하게 설계했다.

그러니까 '토목은 절대 폼 잡지 않는다' '화장발은 토목엔 먹히지 않는다'는 말은 명백한 사실이며, 보이지 않는 물속에 총공사비의 75%와 최신 기술력을 집중적으로 쏟아부었다.

3
홍등과 백등 사이에 뱃길이 있다. 범월갑방파제와 남방파제 위에 비스듬히 기울여 세운 홍등과 백등. 빨라도 3개월은 순항해야 도달할 수 있는 수십만 톤 뱃길을 삐딱하게 환호하는 두 개의 등대.

길은 언제나 사이에 있고, 한번 터지면 100년이 지나도 닦아낼 수 없는 유조선과 해양 생태의 안녕과 국가경제의 동맥을 지켜야 하는 방제선과 순시선과 경비정은 날마다 삐딱하게 드나들지만, 홍동과 홍등 사이 백등과 백등 사이에도 길이 있음을 뱃놈이라면 누구나 안다.

4
동북아 액체 물류 중심항의 위용을 똑바로 보라고 등대 위에 전망대를 설치했다. 남방파제에는 여덟 개의 파라솔을 꽂을 수 있는 19개의 벤치와 남녀 화장실 2조와 소변 전용기 2대를 설치했다. 구명환, 구명조끼, 구명사다리를 갖춘 구명도구함도 8군데에 비치했다. 내항 약 1,500m 구간에는 테라스형 설계로 강력한 파도가 월경한다 해도 물 한 방울 묻지 않도록 피난처를 만들었다.

민간인 출입을 엄격히 통제하지 않았다면, 국토해양부 울산지방해양항만청이 개방에 필요한 감시원 인건비만 조달할 수 있다면 휴머니즘의 극치가 아닐 수 없겠다.

5

5만 톤 액체 화물선 2척이 동시에 접안할 수 있는 선석은 내항에 시설했고, 외항에는 테트라포드로 성난 파도의 사지를 찢을 수 있게 했다.

나체의 바다 앞에서 밤마다 시동을 끄고 간첩선처럼 음습하게 침투한 낚시꾼들이 내버린 소주병과 초장 껍질과 낚시 바늘과 구겨진 신발을 네 개의 벌거벗은 다리는 매일같이 찢고 있다.

6

모든 진리는 선하고 쭈글쭈글하게 접힌 바다도 선하다.
테트라포드를 향하다 찢어지는 쭈글쭈글한 운동의 불규칙
성도 선하고, 찢어진 맨살의 접힌 속살 또한 선하다. 사지
에 닿아 찢어진 네 갈래의 접힌 속살이 모여 바다가 된다.
속살을 펼치는 힘으로 바다는 다시 파도를 만들고 거대한
쇳덩이를 띄운다. 그러므로 모든 진리는 선하고 쭈글쭈글
하게 접힌 바다도 선하다.

7

바다 한가운데 일직선으로 뻗은 남방파제는 꿈틀대는 맨
살을 찢고 붙이면서 최소한 100년은 버틸 것이다. 그동안
방파제 외항에서 난바다로 3km 이상 떨어져 있는 SK에너
지 부이와 S-Oil 부이에는 덜렁거리는 파이프를 들고 수십
만 톤 유조선이 들어왔다 나갈 것이다.

숫놈의 바다에 암놈의 바다가 있다. 밀려오는 숫놈과 밀
려가는 암놈 사이에, 접힌 숫놈과 펼쳐진 암놈 사이에 방파
제가 있다. 자웅동체의 방파제 위에 지금 막 깨어나는 숫놈
과 숫놈의 비린 맨살이 서 있다. 수십만 톤 꿈틀대는 맨살

의 힘으로 최소한 100년은 버틸 것이다.

8

비린 것들이 마구 날아다녔다. 바람과 파도와 함께 꿈틀대는 시커먼 물기둥 같은 것들이 폭죽처럼 솟구쳐 올랐다. 100만 톤의 바지선을 띄워 5만 명 관객을 올려놓고 남방파제 방파 기술의 절정을, 식도를 타고 내려가는 마지막 한 모금 침을 뱉어내고 싶었다.

그리하여 어떤 파괴와 재앙에도 의연히 떨쳐 일어나 단한순간 제압할 수 있는 거대한 숫놈과 암놈의 비린 나체를 보고 싶었다.

장미의 기울기

이정란

겨울잠 자면서 낳은 나의 아기에게서 달을 오려 만든 장미 냄새가 납니다

가방 속 깊이 넣어두었던 마른 꽃잎을 꺼내 아기 눈을 닦으니 노란 달가루가 묻어 나옵니다

빠져나갈 수 없이 긴 터널이면 어때요
거울에 기댄 꽃잎 그림자와 어깨를 나누어 갖지요

거울은 그림자의 울음을 달래본 적 없으니까

꽃잎 열리는 소리가 듣고 싶어 눈을 찌릅니다
질긴 가방 손잡이에서 물이 피어나고 바람의 잎맥으로 꽃이 흐릅니다

돌문을 지키고 있던 해태가 눈을 껌벅이다 집광하던 눈동자를 빼 건네줍니다
터져 산란하는 빛을 눈으로 받아먹자 해태가 문을 지워버립니다

지켜보던 거울이 출입구 없는 얼굴을 깨뜨립니다
동심원을 한없이 늘려가는 수많은 거울들의 군무가 이
어집니다

장미 꽃잎으로 달을 빚어 동심원 중심에 꽂아둡니다

미래는 구경이 확실하지 않은 권총으로 쏘아대는 꽃의
거품
거품 속에서 빛 주위를 공전하는 푸른 행성이 당신인 걸
믿는
내가 당신 기울기를 간섭합니다

초저녁 달

박형준

내게도 매달릴 수 있는
나무가 있었으면 좋겠다

아침에는 이슬로
저녁에는 어디 갔다 돌아오는 바람처럼

그러나 때로는
나무가 있어서 빛나고 싶다

석양 속을 날아온 고추잠자리 한 쌍이
허공에서 교미를 하다가 나무에 내려앉듯이

불 속에 서 있는 듯하면서도 타지 않는
화롯가의 농담濃淡으로 식어간다

내게도 그런 뜨겁지만
한적한 저녁이 있었으면 좋겠다

초원의 화살

김정임

벌새는 층층꽃 계단을 오르내리며 저녁 종을 치는가

보랏빛 자욱한 노래 속으로 저무는 집
느릅나무 그림자를 깔고 앉아
깊은 밤이면 노루가 울고 간다는 당신의 빈방을 바라보
았다

그 울음소리에 가슴이 베인다는
당신의 말이 내 가슴을 깊숙이 찔러왔다
무섭고 외로웠을 것이다

지상의 꽃 계단을 밟고
당신에게 이르고 싶었던 내 어리석음을
층층꽃 그늘에 묻고 돌아선 순간
헤어질 때 인사를 나누지 않는다는 수우 족이 떠올랐다

엎드려 있으면 영혼이 찾아올 수 없어
하늘을 바라보는 죽은 이의 얼굴을
풀이 마르듯 그냥 둔다는데
별과 달의 기운으로 날아가는 초원의 화살*처럼

천지를 오가며 우리는 빠르게 헤어지고 만나는가

오지 않을 당신을 마중하기 위해
어둠이 차오르는 빈집을 나올 때
녹색 의자가 기별처럼 가만히 손을 흔들었다

● 영화 『붉은 사슴비』에서 차용.

당신이라는

전형철

종이를 들어 올리네
글자와 눈이 가까워진 셈이지만
달아오르는 손가락 끝
적막강산으로 유배 간 나무들과 같이
서서히 탁본되는 표정들
그때 나의 언어는
당신에게 사투리이고
그로부터 지금까지
삶은 고단하고
침묵은 무거운데
마음의 한 자락을 흘려버리며
더듬네
심드렁히 졸던 고개를 들고
속수무책이었던 이름
급소를 피해 날아오는 암기暗器 같은
당신
그 천년의 문장을
덮네
구겨 넣네

참 못되게 오래된

달과 까마귀

이초우

검푸른 밤하늘 전깃줄에 노랗게 익은 달 하나 열렸습니다
커다란 천도복숭아 하나 두둥실 열렸습니다.
두 개의 전선줄이 가는 달 그냥 못 가게 붙잡고 있습니다
달의 소맷자락을 갈라 전선줄에 살짝 묶어놓았습니다
다섯 마리 까마귀 눈에
열 개의 작은 천도복숭아가 열렸습니다
깊어가는 밤 그 작은 복숭아들 노랗게 반짝이었습니다
세 가닥의 전선줄 중 맨 아랫줄은 비워놓았습니다
위에서 두 번째 줄엔 흔들흔들 어머니가 앉아 계시고요
첫 번째 줄의 두 아이 온갖 재롱 피우며 놀고 있지요
며칠 전 적십자 병동에서 돌아가신 아버지,
만만찮은 거리인데도 지금 막 허겁지겁 날아오셨습니다
아버지의 천도복숭아 두 개는 너무도 눈부셨습니다
디프테리아가 먼저 데리고 가버린 첫아들,
제 관 속에 남아 있던 복숭아 하나 물고
막 날아오고 있는 중입니다
오는 모습 돌아본 어머니, 까악까악 어서 오라고
살갑게 손짓하며 불렀습니다
아버지가 넣어준 그 복숭아, 보름달처럼 토실토실 자랐
습니다

88

오늘 같은 성스러운 잔치 너무도 황홀합니다
다섯 식구들 까만 기다림 이제야 기어이 이루어졌습니다
내가 잠시 눈 돌리고 나면, 저렇게 큰 천도복숭아
아무래도 없어질 것 같아 두렵습니다

청동거울의 노래

이영혜

나, 얼마나 오래 잠들었었나요
폐허가 된 진흙 더미 속에서도
내 안에 숨 쉬던 당신 지워지지 않고
금 간 가슴팍엔 절망이 수수백 번 얼었다 녹았지요

천 년 만의 만남이었나요
안압지雁鴨池 연등 아래서 만난 당신
무엇인가 생각날 듯 말 듯 한참을 응시하다가
그냥 뒷모습이 되어버린 당신
목쉰 외침 들리지 않던가요

전장으로 말 달려간 화랑의 말방울 소리를 기다리며
달빛 아래 탑을 돌던 소녀, 잊으셨나요
순금 허리띠 두르고 금관을 쓴
연회장의 왕을 몰래 흠모하며
연꽃 만발한 월지月池 누각에서
비파를 타던 진골 여인, 잊으셨나요

연잎에 맺힌 푸른 물방울 끌어안고
천 년을 기다렸건만

다음 조우는 또 몇 생이 걸릴지 기약도 없건만
거울 속엔 그리움의 녹만 가득하고
도무지 나는, 당신에게 닿을 수가 없네요

하지만 내 슬픈 눈빛이 천 년 왕조의 보석임을

천 년을 달려온 별빛임을 기억해주세요
영겁의 기다림이면 어때요
언젠가 돌아올 당신 편히 들어앉을 수 있도록
말갛게 거울 닦아놓고
나, 다시 그 안에 당신만을 위한 연꽃을 피우렵니다

지금도 짝사랑

정희성

사람을 사랑하면
임금은 못 되어도
가객歌客은 된다.

사람을 몹시 사랑하면
천지간에 딱 한 사랑이면
시인詩人은 못 되어도
저 거리만큼의 햇살은 된다,
가까이 못 가고
그만큼 떨어져
그대 뒷덜미 쪽으로
간신히 기울다 가는

가을 저녁볕이여!
내 젊은 날 먹먹한 시절의
깊은 눈이여!

참외처럼 외로운 저녁

정채원

바닥을 흔들어 모래 가루를 몸에 얹고

모래 바닥이 천천히 움직이듯 그렇게 숨을 쉬어

바닥에 납작 엎드린 넙치처럼

저녁이 가기를 기다리는 거야

서쪽 하늘에 막 돋는 개밥바라기도

모래 덮인 눈으로 바라보아야 해

껌벅임도 없이 바라보아야지

공원 주차장 한가운데 서 있던 오백 년 느티도

잎새 몇 남지 않은 나무 아래 세워두고 온 지겨운 애인도

어둠 속에 참외처럼 노랗게 돋아나는 저녁

몸을 바닥에 묻고 눈만 내놓고

바람 몰려가는 암청색 하늘을 더듬네

꽃자리 멍들거나

덩굴마름병에 바닥을 구르던 시절 간신히 지나

두꺼운 껍질을 벗기고 반을 가르면

까닭 없이 내 앞에서 즐겁던 씨앗들

문을 열 때까지 참외 속을 지키던

가슴속 씨앗 같던 애인이 노랗게 떠오르는 날

나는 씨앗 빼낸 참외처럼

속이 비었네, 텅 빈 동굴이네
몸을 바닥에 묻고 모래알 굴러다니는
눈동자만 겨우 내놓는 저녁

첫사랑

김정수

금방 읽어 좋은 짧은 시
한눈에 다 들어온다
잠시 눈을 감으면
미처 들어오지 못한 여운까지
오래오래 가슴에 머문다

그런 날
종이에 손을 베인다

물새를 키우면 사람이 될 수 있을까

박강우

우리는 서로의 가슴에 물을 쏟아부었다
두 눈을 감은 채 팔을 내저으며
목만 내밀어 수조에 떠 있기도 했고
깨어진 유리병 바닥에 잠겨 잠들기도 했다
어떤 날은 파도에 휘말려
팔이 뽑힌 채로 접시에 놓여 있기도 했다
그런 다음 날엔
남은 다리만으로 길게 줄을 선채
순서를 기다려야 했다
구름 위로 힘차게 날아올라
다시 온전해진 몸으로
지상으로 내려오는 순서를 기다려야 했다

천둥벌거숭이

민용태

나의 속눈썹 넘어 지평선에는
천둥벌거숭이가 춤을 춘다
초겨울 바람이 나이테를 파고들면
내 몸 어딘가에 있는 영혼을 팔아
나이 어린 여린 소녀와 사랑에 빠지자
꿀빛 잠자리 꿈, 천둥벌거숭이 춤
어차피 절벽 앞에 설 거라면
사람들 눈치 내동댕이치고
시간을 발로 차고 눈 감고 귀 막고
나이테 거꾸로 돌아 젊음을 훔치고
나이 어린 여린 소녀와 눈이 맞아
영원을 훔쳐 달아나고 싶다
나는 어느 신과도 사랑에 빠지고 싶지 않다
나이테 거꾸로 돌아 젊음을 훔치고
나이 어린 여린 소녀와 사랑에 빠지고 싶다
어차피 절벽 앞에 설 거라면
어느 달마도 만나고 싶지 않다
어차피 천 년도 못 사는 사랑이라면
어차피 천방지축 우리는 우주 아이들

천둥 번개 치든 말든, 우리 둘
우리 안의 불빛 하나로
천 길 어둠 뚫고
벼락치듯 뛰어내려!

흉터 1

최승철

소리칠 사이도 주지 않고
벌레 한 마리가
내 몸에 들어왔다
꼼짝도 하지 않고
움직이지도 않는다

그대로 피의 맛을 본 놈이다
붉을 단㮚과 끊을 단斷은 발음이 같다

한동안 그것으로 아팠다
나는
당신이 그리웠는지 모른다

자궁을 들여다보고 있었다

내 사랑하는 전율 2

김원중

나는 오늘도 그대를 향한
떨림으로 살아 있다

폐를 울리는 공기에 내 몸이 전율하듯
당신의 말은 미세하게 떨려
내 영혼의 고막을 울리고
당신의 사랑은
거대한 파도의 수십 개 혀 되어
온몸을 휘감는다

당김과 밀침의 반복이
마침내 서로의 경계를 헐고
가변의 정점으로 수렴하는 순간
만조의 조수가 엄습해와
나는 전율의 바다에 익사한다

죽음의 떨림도 이와 같은 것이리라

썰물 빠져나간 삶의 갯벌을
당신은 수십 개의 손으로 위무慰撫한다

그대 손가락을 타고 흐르는 사랑의 파동이

내 맥박과 어울려

전율이 척수를 타고 영원으로 흐른다

삶과 죽음을 잇는 미지의 바다 위에

나는 오늘도 그대의

떨림으로 살아 있다

빈집 한 채

김영석

너의 마음 깊이 숨어 있는
빈집 한 채
너의 슬픔과 외로움과 그리움이
거기서 생기는
너는 모르는 그 빈집
비가 오나 눈이 오나
오랜 세월 너만을 기다리는
텅 빈 그 집.

꽃에서 달까지

이향지

꽃이 얼음 같고
꽃병이 유리고기 같다

신기해서 팔을 저으면 꽃병이 산란한다

꽃잎 먼지 속으로
숨도 안 쉬고
유리꽃이 다시 모인다

신기해서 꺾어보면 내 손에 피가 난다

꽃병이 독 같고
꽃이 방아깨비 같을 때까지
유리창을 밀고 간다

낑긴 달을 뽑으려고 팔을 당기면
꽃병이 다시 산란한다

꽃이 달 같고
꽃병이 가을 강물 같을 때까지
유리창을 밀고 온다

바윗돌 깨뜨려 바윗돌

이태선

철길 옆에 세워두고
데리러 가지 못하고
부슬비가 오면
또 부슬비 속에 세워두고
여름 아침 문득
등꽃 냄새 사그라지고 있어
등꽃 그늘에 세워두고
전나무 길을 달리다
떨어지는 잎들 브러시로 밀어내고
밀어낸 잎잎 그 사이사이에 또 세워두고
현관문이 덜컹이는 저녁
골목에는 어둠을 타는 잡풀들
담벼락 그림자 그 속에 세워두고
창밖을 어제인 듯 그제인 듯 내다보는데
네가 내 옆에 그대로 서 있고

시계

이정주

시집간 지 몇 년 만에
현수가 온다고 했다
나는 벽시계를 떼어 세탁기 속에 넣고
괘종시계는 싱크대 서랍에 넣었다
현수는 이전보다 빨리 옷을 벗었다
말없이 누워 있던 현수는 라디오를 껐다
그 목소리 싫어
라디오 속의 남자가 사라지고
숨 막히는 고요가 찾아왔다
나는 현수에게 기어갔다
현수는 많이 젖어 있었다
그러다가 어느새 강물이 되어
저만치 번득거리며 흘러갔다
내가 강에 이르기도 전에
강물은 꼬리를 감추며 멀어져갔다
목이 말랐다
찬물을 나누어 마시고 우리는
어둠 속에 앉아 있었다
현수는 내 가슴에 귀를 갖다 대었다
여기 있었군요

언제 몸속에 시계를 숨겼어요?

현수는 소리 죽여 울기 시작했다

4월

한용국

애인과 섹스하다 돌아보니 사월이었다
여자는 할퀴거나 깨물기를 즐겨서
멍든 자리마다 대나무가 꽃을 피우고
오랜 집중이 요구되었던 체위들 사이로
폭설이 내리는 풍경이 삽입되었다가는
산산조각으로 깨져 나가곤 했다
목련은 비명을 지르며 떨어져 내리는데
애인은 몇 시 기차를 타고 떠나갔을까
열차표를 손에 쥐고 발을 동동 구르다가
식은땀을 흘리며 깨어보니 서른이었다
애인과 섹스만 했는데도 사월이 오고
방구석은 어느새 절벽이 되었고
책상과 침대가 까마득한 곳에 떠 있었다
누가 겨울 내내 우물을 파놓은 것일까
애인과 섹스한 것은 분명히 죄는 아닌데
그러면 내가 녹아 물이 되어 흘러야지
생각했을 때 어머니가 달려들어 와
나이는 뒷구녕으로 처먹냐고 욕했다
그래 누가 내 몸에 고운 흙을 채워다오
꼬불꼬불 꽃 한 송이라도 피워올리게

애인과 섹스하지 않아도 사월이 왔을까
피도 눈물도 없이 저리도록 아름다운 혁명도 없이

밀봉

김명은

남자가 작업대에서
두 마리 생선 목을 한꺼번에 내리친다
잘린 목이 잘린 목을 붙들고 번지점프한다
당신과 함께라면 뛰어내릴 수 있어요

칼자루를 거꾸로 쥐고 칼끝 같은 눈빛으로
제 몸 안을 쏘아보는 사람

목 없이 목이 없는 그의 품으로 들어간다
가시에 찔리지 않으려고 꼬리가 살짝 틀어지고

머리는 심장 속에 처박혀 어둠을 버틴다
밤은 어둠의 갈라진 틈을 검은 피로 채우고
진열대 유리에서 흘러내리는 피에 발이 젖는다

그는 무슨 궁리를 하고 있는 것일까
외투를 벗어 덮어주고 나의 몸과 외투 사이에
바다를 품은 그의 몸은 청동빛이다
청동탑과 조각달이 녹는다

우리 이대로 한 시간만 더 있을까

커튼이 열려 있어요

채광구가 햇살 알갱이를 뿌린다 얼음 속이다

몽夢

이영옥

이제 우리가 해야 할 일은 서로에게서 더 멀어지는 것

그러기 위해선 나는 삼척쯤이 좋겠고 당신은 통영쯤이
좋겠다

그 아득한 사이에 피었다 지는 뭇별 같은 발자국

삼척의 회양목 숲 속에 눈발 적막하게 들어서면 통영에
도 진눈깨비가 젖은 눈을 가리고 바다로 뛰어들 테니 당신
은 쌓이지 않는 것들의 부질없음에서 시선을 거두고 그림
자가 빗발치는 창가에 앉아 눈의 차가움과 따스함을 생각
하며 편지를 쓰리

오오, 몽夢을 불어내는 짜디짠 바람,

당신이 계실 언덕배기 낮은 처마에는 고드름의 침착함이
매달려 있다 단번에 휘두르지 않고 자신의 아름다운 칼끝을
조금씩 버리며 당신을 지켜주리 똑똑 소리를 내며 얼음에서
물로 도착하는 저 물비린내의 시간을 일깨워주리 파문의 끝
에서 흘러나오는 음악 소리, 이윽고 잠든 당신은 꿈속에서

삼척행 차표를 서둘러 끊으리

　삼척에는 눈이 그치고 하늘에는 목이 부러져라 아름답
고 푸른 공터가 생겼다 저것은 당신 것도 내 것도 아닌 기
억의 빈자리, 몽夢을 쓸어낸 숲의 내부가 환하다 흰빛을 물
고 잠든 어둠과 회양목 사이에 거미줄의 헐거움이 놓여 있
다 그것은 사라진 것들이 이루고자 했던 안간힘. 이제 우
리는 꿈 밖으로 걸어 나와야 할 때, 아주 멀어진 길은 그대
로 얼려두고

슬픈 상사화

성선경

내 영혼의 슬픈 그림자를
뿌리처럼 알게 된 날이 언제였던가
꽃 핀 그날부터 나는 외롭네
내게는 눈이며 입이었던 것이
내게는 불이며 물이었던 것이
너는 어찌 늘 갓 잠 깬 새벽으로만 오고
나는 어찌 늘 늦은 저녁으로 당도하는가
내 꽃 피는 봄날이 때늦은 것 아닌데
네 잎 지운 그날이 이른 것도 아닌데
너는 어찌 강 저쪽에서 울고
나는 어찌 강 이쪽에서 우는가
내게는 잎이며 꽃이었던 것이
내게는 희망이며 눈물이었던 것이
너와 나의 두 손
영원같이 마주 잡지 못하고
우리는 서로 비켜 가는 해와 달 되어
내 안에서만 피는 꽃
내 속에서만 지는 잎
무릇 사랑이라는 거겠지
무릇 꽃이라는 거겠지.

그날의 트렌치코트

박홍점

이곳은 테오리아, 이곳은 홀츠베그
몇 번쯤 더 간판이 바뀌어도
가게 앞 보도블록 깔리고 치워지고 다시 깔려도

당신의 손끝과 내 손끝이 아쉬운 작별을 하던 곳
레어로 구운 스테이크를 먹던 곳
영자英字 신문을 나누어 읽으며 히히덕거리던 곳

그날 당신의 손은 따뜻했을까
달콤함 뒤의 끈적임을 씻어내고 후련했을까
기억들은 곧잘 오작동을 일으키곤 해서
그냥 재생 불가능한 찬란이라 적는다

당신이 행여 알아보지 못할까 흘러가버릴까
밤을 낮에 잇대어가며
시간이 더디다 싶으면
쭈뼛 서 있는 트렌치코트 깃이나 세우면서
거리의 잎사귀들은 바삭거리는 크래커

얼굴에는 검은 꽃들이 피어나고

몸은 열렬히 발아된 시간의 문맥을 더듬는다
트렌치코트는 나를 안고 있는 당신의 체취
오늘도 당신 안에 서서 잠자고

종이 모자를 쓴 종업원들이 나무 의자를 달그락거릴 때
까지
첫 손님인 동시에 마지막 손님
해와 달의 교차는 무의미한 일이야
이곳은 테오리아, 이곳은 홀츠베그

봄날은 간다

박　현

월출산 그늘을 지날 즈음
은밀한 달이 발목을 잡아
지친 몸 뉘러 들어간 여각
베니어합판 꽃무늬 너머
수줍은 소리 들리네

사부작사부작
벚꽃이 피네

몸이 연주하는 화음에 취한
부끄러운 새벽이 실눈 뜰 무렵
짐 챙겨 여각 앞을 나서려 보니
세상을 다 얻은 청춘이
연분홍 치마를 흥얼거리네

우르르우, 르, 르……
벚꽃이 지네.

스완송

김지명

청진기를 대자
오래된 나무는
할머니 심장처럼 느렸다
빈 그네에 태워
나무는 떠난 소년을 밀고 있었다
꽃 피우면 힘들잖아
나이테 갈피 사이로 녹음한 목소리가
더딘 호흡을 맴돌고 있었다
약한 허리 쪽으로 깍지벌레들이 습격했다

와인을 움켜쥔 코르크 마개 같은 기다림으로

살아 있는 동안 살아 있음을 확인하듯

나무는
새의 울음으로 울었다
노을 쪽을 잘라 나갔다

소년이 나무를 잃을 때까지
나무가 소년을 잊을 때까지

이별
―노장 산유화조[●]로

김익두

전라 충청 양도,
굽이치는 금강 가, 애끓는 곰개^{●●} 나루,

노장 산유화조로,
홍록^{●●●}이가 운다.

가지 마라, 가지 마라, 맹렬^{●●●●}아아아아,
맹렬아 가지 마라, 가지 말어라아아아아아아아아,

마침내 그 흐느낌은
붉은 진양조가 되어,
이윽고, 맹렬이가 돌아온다.

아직, 홍록이 소리처럼 파겁지 못한
어쭙잖은 내 산유화조 앞에서,
기어이,
당신은 떠나간다.

당신이 돌아올
그날까지,

아직도 나는 날마다,
노장 산유화조로 운다.

마침내
이 슬픈 내 노래가,

당신의 발걸음 돌이킬,
진계면***** 진양조가 될
그날까지.

● 노장老杖 산유화조山有花調: 늙고 늙은 상늙은이 노인이 부르는 전라도화된 구슬픈 메나리조 소리.
●● 곰개: 한자로는 웅포熊浦라 부른다. 충남 강경과 전북 군산 사이에 있는, 전북 익산시 웅포면 금강 가의 포구 마을. 판소리계의 최고 소리꾼. '가왕' 송흥록이 태어난 곳으로, 이곳 남쪽 함라산 자락 장구봉 남사면 공동묘지에 송흥록의 쓸쓸한 무연고 묘지가 있다.
●●● 송흥록宋興祿: 판소리계에서 '가왕歌王'이란 칭호를 부여받은 최고 소리꾼. 신화적인 명창. 가장 느리고 구슬픈 24박의 진양조 소리를 완성한 사람. 그의 고향은 옛 금강 가 웅포 나루인데, 그의 잦은 소리 공연 출타로 인하여, 그가 평생 사랑한 경상도 대구 여인 '맹렬'이가 그를 버리고 떠나려 하자, 구슬픈 전라도 노장 산유화조로 소리를 하고, 그래도 그녀가 떠나려 하자, 다시 그것을 더 깊고 절절한 24박의 진양조로 개창하여 부르니, 그녀가 가던 길을 돌이켜 다시 돌아왔다 한다.
●●●● 맹렬孟烈: 가왕 송흥록이 평생을 사랑한 여자.
●●●●● 진계면眞界面: 계면조 중에서 가장 깊고 처절한 계면조. 계면조는 판소리 창조 중에서 깊은 슬픔을 자아내는 창조를 가리킨다.

꽃돌

정연희

　누군가의 꽃이 되지 못한 누이 노을의 시간이 그녀의 몸을 바꾸었다 채색되는 화선지처럼 꽃잎 느릿느릿 포개지고

　꽃을 품는다는 것은 가시 또한 품는 일 달이 부풀고 지는 사이 기억의 저편으로 용암이 끓어올랐다

　속눈썹 짙은 누이는 사는 일 힘겨워 들길을 맨발로 내달리곤 했다 발밑에 흩어지는 어린 꽃잎 짓뭉개진 붉은 물 흘러내렸다 달무리 지는 밤마다 검붉은 모란꽃 뱉어내었다

해자垓字식 사랑

하 린

당신 떠나고 집 앞이 늪이다

계절은 우기로 접어들고 물먹는하마를 준비한다

옷장에서 미처 챙겨가지 못한 속옷의 지문이 발견된다

빨래라는 단어가 울컥대지 않는다

침수는 반지하 인생에서 흔한 일

일요일은 더 이상 월요일을 꿈꾸지 않는다

사라진 신음 소리가 후렴구로 떠돌던 곳은 침대 안쪽 녹슨 스프링

배수구가 없다 시커먼 집착이나 소문이 빠져나가지 못한다

한 동이 가득 발설된 독설만 있다

잠을 설친 머뭇거림이 탈수되지 못한 채 잔류한다

어떤 침전도 소용없을까, 막무가내 누수를 끝내 막을 수
없다

당신의 부재를 쥐어짜며 나는 언제쯤 나를 온전히 말릴
수 있을까

뒤돌아설 때 등 뒤에 달라붙던 태양의 비난을 모른 척
한다

오래전부터 망가진 건조대에 녹꽃이 번지고 있었기에

착각

이운진

    당신은 내게 타이타닉호를 타고 여행을 오라고 했습니다. 배는 곧 빙산에 부딪칠 것이라고 누군가 말을 하지만 나는 즐겁게 침몰할 배의 갑판을 청소하고 북극의 오로라 같은 레이스 커튼을 답니다.

    흰 얼음덩어리 흰 안개도 따뜻하고 투명해

    일렁이는 파도는 나뭇잎의 모든 곡선처럼 부드럽지

    달빛 아래 바다 그 말 없는 깊이 속으로 크고 무겁게 떨어지는 물방울들 뜨거워 불이 붙네

    검은색을 쓰지 않은 밤하늘과 내 눈 속으로 익사하는 별들, 귀로 흘러들어 오는 물소리 물소리, 아름답군요. 당신은 내게 당신에게로 여행을 오라고 했습니다.

달빛 흉터

양균원

바닷가 찬바람은
깨진 거울을 생각나게 하지

물이랑 위로 튀어 오르는
달빛 수천 조각이 내 눈구멍을 파고 있어

어둠이 닦아내는 빛
달무리에 싸인 저것

소주 한 병 동무하다 바위틈에 내던진
성게 껍질 뒤집힌 속인 듯

방파제 때리다 저 먼저 박살난 파도
낙하 직후인 듯

바닷가의 초봄 추위
해피엔딩은 그 다음에 아무것도 오지 않는 것이지

이제 웬만큼 멍들었고 그다지 심란하지 않으므로
달빛 주술사에게 조용히 건배

아니, 저것은 첫아이 볼에 난
화상의 흔적, 돌이킬 수 없고 지울 수 없는 것, 그뿐일 것

달이 찰수록 짙게 돋아나는 흉터
빛에 난 상처가 자라고 있어

연두부

최태랑

새벽 종소리를 따라온 연두부
접시 위에 각을 잡고 앉았지만
제 몸 감당하기조차 힘들게 부드럽다

저 부드럽고 연약한 각
가로 세로 공손히 집어본다
물렁하다고 쉽게 봤더니
바람처럼 잡히지 않는다
만만한 자존심 잡지 못해
고집 센 염소처럼 선선히 따라오지 않는다

별빛도 담을 수 있고
물도 고일 수 있는 못을 보다가
오목한 숟갈로 그 마음
공손히 잡았더니 살갑게 따라와 주었다

접시에 들어앉은 조각난 연두부
흠이 생기고 상처가 고여 있다
흔적 없는 사랑이 어디 있을라고

꽃이 꽃잎을 놓아주듯 가버린 자국
나른한 설렘이 퍼져 있다

당신 곁, 소복이 쌓이는 음악

김사람

벚꽃 피듯 약 기운이 번져온다. 회색 눈●으로 너를 바라볼 때면 내 더러운 영혼을 지나는 봄이 거룩해 보인다. 살아서 아픈 밤이 서쪽 하늘에 머물면 글자들 속에 나를 숨긴 채 너를 엿본다. 나를 욕하는 시간, 우리는 낮과 밤이 다른 봄을 앓으며 같은 노래를 들었다. 바람에 음악이 날리지 않도록 창을 닫는다. 볼륨을 높이는 습관은 치부를 숨기는 힘, 말하는 순간 사라질 너는 누구의 음성을 듣기 위해 몸 낮춰 귀 기울이고 있나. 술에 취해 웃으며 돌아서는 너의 눈에서 내 작은 등이 보였다. 햇살 속에 숨어 있는 찬바람이 낯설다. 너와 나의 시와 사랑은 조화가 아니기에 이별의 자리를 정해야 한다. 나 눈은 감겠으나 잠이 들는지 모를 계절, 약 기운 사라지듯 꽃잎 하나가 기억의 곁으로 떨어진다. 진부한 눈으로 너를 보내야 한다.

● 회색 눈grey-eyed: 빈센트 밀레이의 시 「Tavern」에서 인용.

붉은 여자

박소영

달이 차고 기우는 사원을 걷고 있네
붉은 옷을 입은 여인들

심해의 눈보다 더 깊은
여인의 눈에 비친
수많은 조각상 사이에서
시바*는 보이지 않고
자꾸만 남근으로 가는 눈
연잎 위 물방울처럼 흔들렸네

남편의 주검 옆에 수장된 여인을
기리기 위해
붉은 옷자락 아래 맨발이
가고자 하는 곳은 어디일까

보리수 그늘에
마른 나뭇가지처럼 누워 있는 남자
종교와 문화를 오가다
길을 잃은 시바일지 몰라

여인들의 지치지 않는 맨발의 행렬

정오 태양처럼 뜨겁네

천전리 각석

고성만

우리가 맨 처음 마련한 신혼집 아니었을까

싸우고 나서도
등질 수 없을 만큼 작은 방
바위 벼랑에
뜨거운 입술
빛나는 눈빛으로

치렁치렁한 어둠의 머리카락 싹둑 자른 다음 깊게 아로
새겨놓은 문양

강은 민들레 갓털 날리며 흐른다 길은 집 앞까지 바다를
끌어와 자장가 불러주었는데 나는 늑대의 저녁과 거북의 과
거를, 너는 아이의 눈과 고래의 미래를 그리고

별자리에 대해
이름 없는 사물들에 대해
조곤조곤 나누던 이야기 아니었을까

사슴 여우 멧돼지 등속 쫓아 들어간 계곡에서의 나날은

거칠었다 생활은 좀체 열리지 않는 자물쇠와 같아

깜박 잠들었는데 사천 년 후라니!

여직 신혼인 너와 나는
연분홍 커튼 묶은
변두리 셋방
사방 연속으로 뻗어가는
무늬 속에 누웠다

밥

윤중목

밥은 사랑이다.

한술 더 뜨라고, 한술만 더 뜨라고
옆에서 귀찮도록 구숭거리는 여인네의 채근은
세상 가장 찰지고 기름진 사랑이다.

그래서 밥이 사랑처럼 여인처럼 따스운 이유다.
그 여인 떠난 후 주르르륵 눈물밥을 삼키는 이유다.

밥은 사랑이다.

다소곳 지켜 앉아 밥숟갈에 촉촉한 눈길 얹어주는
여인의 밥은 이 세상 최고의 사랑이다.

드라이플라워

장요원

해를 보면 자꾸만 어지러워
거꾸로 매달렸다
꽃대가 밀어올린 향이 오르던 그 보폭으로 흘러내렸다
향기의 내용이 다 비워지기까지
붉어진 시간만큼 외로웠다
문득,
유리병 속을 뛰어내리는 코르크 마개의 자세가 궁금했다
핑킹가위 같은 비문들이 잘려나갔다
창백해졌다

소소한 바람에도 현기증이 난다
무릎이 잘린 낯선 걸음들이 유리문을 지나갔다
유리에 서성이던 웃음들이 싹둑 잘렸다
통점은 훼손된 부위가 아니라 향기의 왼쪽에 있다고 생
각했다 붕대처럼, 향기를 왼쪽으로 감아 올라가는 나팔꽃
을 본 적이 있지 그들의 심장이 왼쪽에 있을 거라는 편견도
흘러내렸다

내력 없이 내리는 안개비에도 쉬이 얼룩이 번진다
허공이 우산처럼 접히고 있다

홀쭉해졌다

장미의 유전자를 가진 나는
온몸에 가시가 돋아 있고,
흔들릴 때마다 스스로
할퀴었다
가시와 향기는 다른 구조를 가진 같은 슬픔이라는 것을
뒤늦게 알았다
몸속에서 너라는 물질이 다 휘발되고 나서야
비로소 나는 바로 설 수 있지
마치 살아 있는 것처럼,

벽에 걸린 캔들 홀더 속
검은 심지가
잊어버린 어제를 켜고 있다

사랑, 당신

김경애

앞마당 평상 위 둥근 밥상에서
모락모락 피어나는 저녁밥을
가족이 함께 먹던 그때

땅바닥에 곤두박질치는 꽃송이
그 꽃자리에 남겨진 까만 꽃씨가
통점이라는 것을 알게 된 그때

서툰 몸짓으로 머뭇거리다가
말하지 못한 것이
이별이었다는 것을 몰랐던 그때

상처가 상처를 보듬어야
새살이 돋는다는 것을 알았을 그때
그때, 늦은 인사가 되어버린 사랑, 당신

버드나무와 만년필

최서진

만년필을 손에 쥐여주고 그는 떠났다

그때부터 내 손은 흐르거나 고인 물터다 손안에 버드나무가 자란다 버드나무는 뿌리와 줄기를 잘 뻗어간다

나는 천 년 동안 만년필을 보관한다 만년필을 꺼내 한참 들여다본다 만년필이 원하고 있는 것에 대해 생각한다

버드나무의 잔가지가 아래로 향한다 버들가지를 꺾어 증오에 대해 물에 쓴다 보내면서 보내지 못하는 것 죽어 뻗은 듯 낮은 강가에서

밤을 고쳐 쓰는 습관 때문에 경주용 말처럼 오래 쓸쓸해진다 서로의 주소에 대해 깊숙이 파고들던 칼에 대해 위험한 구름에 대해

습지에서 가늘고 길게 제 속을 써내려갈 만년필과
물속을 뻗어가는 버드나무의 뿌리가
날아간 새를 버티는 알람처럼 서로를 사육한다

버드나무에서 떠날 수 없다
버드나무에서 잉크 냄새가 난다

버드나무를 꺾어 손에 쥐어주고 사람들이 떠났다

마량포구

신덕룡

햇볕 좋은 날 오후
낮달처럼 홀로
포구가 내려다보이는 언덕에 앉았습니다.
탁 트인 바다라기보다는 큰 호수였고
잔잔하게 일렁이는 물결들이 앞길을 지우고 있습니다.
길이 없으니 더 갈 곳도
가봐야 무엇을 찾아야 할지도 모를 것 같습니다.
잘 있으니 걱정하지 말라고 찾지 말라고
마음에 품고 있던
간단한 안부라도 전하고 싶다는 생각이 간절해졌습니다.
생각이 오래되고 묵으면
수심처럼 깊고 고요할 줄 알았는데, 그게 아닙니다.
뾰족하고 날카로워져서는
앞뒤 순서 없이 한꺼번에 뛰쳐나오려는 통에
온몸이 들쑤시고 성한 데가 없습니다.

참았던 말문 터지듯
흰 벚꽃들이 왈칵, 쏟아지는 봄입니다.

달

권오영

이 편지를 전달받는 사람은
지구별에 사는 사람이다

아직 십이월이고, 보일러는 계속 돈다
유리 속 밖을 내다보는 새처럼 언 달, 보일러가 돈다
이곳은 어두운 집 네모난 방 네모난 책장 네모난 화분
어디서 날아들어 왔을까 솜털 같은 풀씨
밥상 위로 신문지 위로 지금 읽고 있는 우울과 몽상 위로

지구별에 편지를 전해달라고 설득해본다 그 위로 사뿐
사뿐

세찬 바람 속에서 그래, 나는 이파리야 꽝꽝 언 유리야
대접 속에서 얼어버린 얼음이야 누르기만 하면 펴지는 양산
이야 추적추적 비에 젖는 한계령 고개 훌렁훌렁 타 넘는 백
년 묵은 은여우야 네가 내 이름을 불러보기도 전에 다 잊었
구나 나는 네 손 꽉 쥐었다 펴면 부푸는 스펀지 공이야 늘
그 자리 돌고 있는 구름이야 구름 속 달이야 안심해 이제 너
아는 사람 아무도 없어

팽팽팽 압력솥 추 돈다

한눈팔다 뜨거운 김에 덴다 손가락에 들러붙은 얼룩

왼손이 오른손 감싸쥔다

불 담은 자리 활활 거품꽃 핀다

피고 지는 불씨 얼마나 오래 묻어두어야 하나

생매장된 오리 떼같이 둥둥 느린 겨울

귀뚜라미 보일러

최   석

방바닥에 귀를 대면 물소리가 들린다
겨울은 우랄스크에서 침켄트*까지
거대한 한랭전선을 펼쳐놓고
싸락 싸라락 재티눈을 퍼붓는다
마을도 고립되고 기억조차 고립되는 카자흐
밤은 얼어붙고 귀뚜라미
보일러만이 일을 한다 졸졸졸
혈관을 타고 흐르는 세월처럼
따뜻한 추억이 그 속에 녹아 있다
이불 속에 다리를 섞은 채
식구들과 함께하는 평안
아이들은 방바닥에 누워 꿈을 꾸고
아내는 미니시리즈 연속극에 빠져든다
반쯤 감긴 눈 세상의 진실은 비몽사몽이다
이루어질 수 없는 사랑의 현실과
이루어야 하는 사랑의 비장함
젊은 여주인공은 괴로워하는데
젊어지고 싶은 아내는 더 괴로워하는데
저 여주인공은 왜 이리 아름다운가
나도 덩달아 괴롭다

뿌리치기 싫은 오늘 밤의 따스함
과분한 행복이 느끼하지만은 않은데
훌쩍거리는 애정의 조건은 남의 문제일 뿐
아내여
지금 우리에게 중요한 것은 꿈을 깨지 않는 것
따스함을 함께 나누는 것 그대
배에 귀를 기울이면 물소리가 들린다
고통도 절망도 아름다운 바위가 되고
깊어졌다 휘돌아 나가는 계곡이 되는
물소리 들린다 어이
깊지 않으랴

● 카자흐스탄 남부에 있는 도시.

겨울 장미

나태주

너를 사랑하고 나서
누구를 다시 더 사랑한다
그러겠느냐

조금은 과하게 사랑함을
나무라지 말아라
피하지 말아다오

하나밖에 없는 것이
정말로 사랑이라
그러지 않았더냐.